ZERO A ZERO

TADEU PEREIRA
Ilustrações de Mozart Couto

ZERO A ZERO

4ª edição
7ª tiragem
2015
Conforme a nova ortografia

Editora Saraiva

Editor: ROGÉRIO GASTALDO
Assistente editorial: ELAINE CRISTINA DEL NERO
Secretária editorial : ROSILAINE REIS DA SILVA
Suplemento de trabalho : MÁRCIA GARCIA
Coordenação de revisão: LIVIA MARIA GIORGIO
Gerência de arte: NAIR DE MEDEIROS BARBOSA
Projeto gráfico e diagramação: SETUP BUREAU EDITORAÇÃO ELETRÔNICA
Finalização de capa: ANTONIO ROBERTO BRESSAN
Produtor gráfico: ROGÉRIO STRELCIUC
Impressão e acabamento: YANGRAF GRÁFICA E EDITORA

Dados Internacionais de Catalogação na Publicação (CIP)
(Câmara Brasileira do Livro, SP, Brasil)

Pereira, Tadeu
Zero a zero / Tadeu Pereira ; ilustrações de Mozart Couto. — 4. ed. — São Paulo : Saraiva, 2009. — (Coleção Jabuti)

ISBN 978-85-02-07978-6
ISBN 978-85-02-07979-3 (professor)

1. Literatura infantojuvenil I. Couto, Mozart. II. Título. III. Série.

02-3402 CDD-028.5

Índices para catálogo sistemático:

1. Literatura infantojuvenil 028.5
2. Literatura juvenil 028.5

Editora Saraiva

Rua Henrique Schaumann, 270
CEP 05413-010 – Pinheiros – São Paulo-SP

SAC 0800-0117875
De 2ª a 6ª, das 8h30 às 19h30
www.editorasaraiva.com.br/contato

200661.004.007

Recupero a bola no nosso campo de defesa, avanço, ultrapasso a divisória do gramado, levanto a cabeça e vejo o número 9 espremido entre os zagueiros. Sei que ele vai girar o corpo para a direita e escapar pela esquerda; o que eu tenho a fazer é meter a bola no pequeno espaço entre os beques e o goleiro.

Lá vai, com efeito, nos pés do 9, que não perde o lance: empurra a *tiazinha* para o fundo do balaio.

A torcida entra em transe, os rojões explodem, o número 9 corre para a galera. Trinta mil vozes gritam o nome do time. O coração bate no céu da boca.

Em casa, na cozinha, minha mãe é só alegria.

— Teu lançamento foi lindo, metade do gol!

— Não exagera, mãe. O mérito é do Zezé, ele é que é oportunista.

— Também, com aquela bola açucarada, até eu fazia o gol. Dava um chapéu no goleiro e estufava a rede! Tchóf!

— Caramba, preciso falar de você para o treinador.

Ela ri, vejo seus dentes gastos, percebo uma nova mancha roxa na altura do olho direito.

— Foi ele de novo? — pergunto, apontando a marca.

Minha mãe mexe nas panelas sobre o fogão. Tenta um sorriso, não consegue.

— Estava arrumando o armário — conta —, bati na porta.

Eu olho nos olhos dela, vejo cansaço, noites maldormidas.

— Tudo bem, mãe — belisco a bochecha dela, passo manteiga numa fatia de pão e deixo a cozinha.

As portas de casa bebem e batem nas pessoas.

Seu Onofre tosse, engasga com a saliva.

— Ah, Rodrigo, não vai dar. Não posso te dispensar às terças e sextas pra treinar. Que é que eu faço com o balcão?

— Sem problema, compenso nos outros dias — sugiro.

Ele coça a orelha olhando a rua, seu peito chia. Finalmente, com um suspiro, concorda.

Seu Onofre é legal, e sua loja de artefatos de borracha tem bom movimento. O salário é uma piada, mas, como diz minha mãe, piada é melhor que nada.

Alcanço a mochila e saio ventando. No metrô a loirinha sorri para mim, mas não tenho tempo de retribuir, outra garota ocupa meu pensamento: a bola.

O treino já começou, eu calço as chuteiras e fico à beira do gramado. Miltinho, o treinador, espreme os olhos contra o sol. Olha para mim, balança a cabeça. O sol arde, a vontade de jogar também.

No final do treino, Miltinho aproxima-se, brinca com a garrafa plástica de água, vai direto ao ponto.

— Você sabe que eu não posso tirar quem chega no horário pra botar alguém que sempre chega atrasado. Sinto muito, Rodrigo.

Eu digo tudo bem e começo a tirar as chuteiras. Miltinho enxuga o rosto com a toalha úmida e avisa:

— Você tá escalado pro jogo de domingo, mas vai começar no banco, certo?

— Certo.

Vou embora chateado. Não pude "conversar" com minha garota.

⚽ ⚽ ⚽

Luciana está de calcinha e camiseta no meio do quarto. Os cabelos pretos, longos, dançam graciosamente em cima dos ombros. Ela poderia ser modelo, tenista, jogadora de vôlei. Mas é só balconista de videolocadora.

Luciana tem 18 anos, é minha irmã, e por dividirmos o mesmo quarto desde pequenos não existe constrangimento entre nós. Foi sempre assim — o tempo todo o fantasma-da-falta-de-espaço assombrou nossas vidas. Melhor dizer fantasma-da-falta-de-grana, porque a grana pode comprar todo o espaço do mundo.

Lu senta do meu lado na cama e diz que vem pensando em mudar de vida, que é hora de dar aquele pulo que mexe com o rumo, com o futuro. Enquanto fala, seus olhos brilham de ansiedade, uma veia pulsa no pescoço.

⚽ ⚽ ⚽

Eu fecho a revista esportiva que tenho nas mãos e falo da carreira de modelo, animando-a a procurar uma agência.

Ela ri, agita os cabelos.

— Não, maninho, nada de ser avestruz de passarela. O que eu quero é bem diferente desse mundinho aí...

Eu pergunto o que ela quer dizer com "bem diferente", mas Lu dá de ombros, diz que ainda precisa amadurecer algumas ideias. Mudanças, considera, não acontecem da noite para o dia.

Depois de enfiar a calça jeans e calçar os tênis, Lu despede-se com um beijo.

Fico com a estranha sensação de que é outra Lu que deixa o quarto — uma Lu que eu não conheço.

Como todo o mundo, tive sarampo, catapora, caxumba. Também tive medo de escuro e de altura, mas nada comparado com o medo que sentia quando meu pai voltava bêbado para casa.

Essas ocasiões eram particularmente ruins para a mobília, para as louças e, principalmente, para minha mãe. Ele bebia e ficava valente, desprezava o azar ao quebrar espelhos, desprezava a lei ao socar a mulher.

Lembro que, quando pequenos, minha irmã e eu nos abraçávamos e chorávamos baixinho durante os *shows* do seu Geraldo, geralmente nos finais de tarde. Encolhidos num canto da sala, soluçávamos e rezávamos para São Jorge Guerreiro abrandar a fúria do homem, fazê-lo dormir e transpirar o excesso de álcool. Às vezes São Jorge atendia, outras vezes dava ocupado.

Passaram-se os anos e nós acabamos nos adaptando ao inverno constante dentro de casa.

Minha irmã Luciana era boa aluna. Caprichava nas tarefas, se aplicava nos estudos, ganhava prêmios em todas as gincanas escolares. Eu, ao contrário, era lento e distraído. Ruim em Matemática, ruim em Português, ruim em Biologia. Era bom só com a bola nos pés. Aí sim, eu me sentia à vontade para criar, para embelezar uma partida de futebol.

Minha especialidade, descoberta por acaso num jogo sem importância, era o lançamento em profundidade, tipo de jogada fatal quando se tem alguém esperto lá na frente.

Uma tarde, depois de ter feito um desses lançamentos, Miltinho, o treinador, quis falar comigo. Na escada do vestiário, quando todos já tinham ido embora, ele colocou a mão no meu ombro e falou olhando nos meus olhos.

— Vou lhe dizer uma coisa, Rodrigo, e quero que essa coisa sirva como advertência, não como elogio. Em quarenta e cinco anos dedicados ao futebol eu só vi uma pessoa fazer o lançamento que você fez hoje: Gérson, o canhotinha de ouro. E olha que na ocasião ele já estava com mais de 30 anos... Portanto, garotão, não faça loucuras, saiba administrar a tua arte, para o teu bem e para o bem do futebol.

Na hora eu não pensei no conselho. Pensei em como seria bom ter um pai.

Isso não é importante, mas vá lá: meu nome é Rodrigo, tenho 19 anos, 1m77. Embora magro, minha estrutura óssea aguenta bem o tranco dos zagueiros. Gosto de macarronada, do Alexandre Dumas e da Angelina Jolie. Odeio políticos.

35 minutos do segundo tempo, 1 X 0 para o adversário.

Estou no banco porque continuo chegando atrasado aos treinos. Marquinhos me substitui, ele é um ótimo meia-direita, já mandou uma bola no travessão e já cabeceou rente ao poste esquerdo. É um daqueles dias em que a bola não entra.

Miltinho já queimou uma substituição: tirou Mineiro e colocou Vavá. A intenção era equilibrar o jogo no meio de campo. Não deu certo. A droga é que não podemos perder essa, temos de mostrar que o time juvenil é bom e não deve ser extinto, como querem alguns diretores do clube.

36 minutos. Miltinho se entrega ao seu velho tique: puxar o lóbulo da orelha. Consulta o relógio, chama o professor Olavo, eu vou para o aquecimento. Corridinhas e alongamentos. A torcida começa a se agitar.

Marquinhos vai saindo cabisbaixo, eu toco na mão dele, valeu!

Enquanto procuro me posicionar, peço proteção e inspiração a São Jorge Guerreiro.

Um arrepio de satisfação percorre o meu corpo quando a vejo, branca, linda, brilhando aos meus pés — *a minha garota*.

⚽ ⚽ ⚽

Zezé, o número 9, encosta em mim, belisca meu braço amigavelmente.

— Você sabe onde eu fico, é só enfiar daquele jeito... vamos pra cabeça, carinha!

Ok, mas está difícil, eles marcam em cima, jogam duro. Ninguém gosta de perder. O jeito é tocar de primeira, segurar pouco a bola, se mexer bastante.

O sol castiga, o adversário também. Ainda dá?

A bola vem a meia altura, os dois marcadores correm para cima de mim, eu giro o corpo e toco de primeira, de pé esquerdo, mandando lá onde o Zezé pediu. Ao aparar o lançamento com a perna direita, ele tira o zagueiro da jogada e, rápido, fuzila de pé esquerdo.

O goleiro mergulha, mas é tarde. O sorriso já está estampado no rosto suado do Zezé. Ele vem correndo de braços abertos e salta sobre mim.

A festa da torcida é uma espécie de beijo na boca.

⚽ ⚽ ⚽

Na ponta-direita, fazendo um barulho desagradável para mastigar, está o grande homem Geraldo, 50 anos, *o pai*. Na ponta-esquerda, cabeça baixa como convém aos submissos, dona Teresa, 48 anos, a mãe.

Ocupando a meia-esquerda, com ar levemente entediado, Luciana parece navegar em países do Oriente. Eu, caído mais para a direita, procuro, quando possível, fazer alguma jogada de efeito, como esta:

— Humm, a carne com batatas ficou divina, dona Teresa. Acho que vou dar repeteco.

Minha mãe sorri, ensaia um agradecimento, mas a tosse forçada do homem na ponta-direita corta o barato.

Sem novidade. Foi sempre assim — ele passou a vida cortando o barato do Natal, do Ano-Novo, da Páscoa, do Dia das Mães e de todas as datas em que as pessoas se reúnem para comer, rir e conversar. Para ele, essas datas são apenas mais alguns motivos para encher a cara, quebrar eletrodomésticos, ofender e deixar marcas na minha mãe.

O grande homem já bebia antes do casamento, dona Teresa sabia, todo mundo comentava. Talvez ela tenha mesmo nascido com vocação para mártir. A verdade é que o cidadão Geraldo passou a vida no balcão da farmácia do doutor Alencar, sem nunca ter a pretensão de progredir, nem mesmo quando Luciana e eu nascemos. Se tínhamos roupas e sapatos novos era porque nossa mãe ia à luta. Limpava escritórios, lavava roupas, tomava conta dos filhos dos outros.

Luciana e eu brincávamos sozinhos, comíamos sozinhos e íamos sozinhos para a cama. Lembro-me de um aniversário da Lu em que eu cantei parabéns e depois ela apagou um palito de fósforo espetado numa fatia de omelete fria.

Na ocasião, nossa mãe limpava uma escola num bairro distante, e o grande homem Geraldo estava semidesacordado no sofá da sala.

MOZART
COUTO

Houve época em que ele vinha mais cedo para casa. Chegava cambaleante, apoiando-se nas paredes, sentindo prazer em chutar nossos brinquedos espalhados na varanda. Um dia ele quebrou o braço de uma boneca da Lu e estourou meu carro de bombeiros contra a parede. Foi o bastante para abandonarmos a varanda e passarmos a brincar no chão do nosso quarto, trancados.

Entretanto, o grande homem resolveu queixar-se à nossa mãe, reclamando que não gostávamos de tê-lo por perto. Então ela veio, mais conciliadora que nunca, pedir-nos que voltássemos a brincar na varanda, que o pai tinha bom coração, gostava da gente. Não custava nada ter um pouco de paciência porque ele era meio doente e coisa e tal.

Ficamos devendo essa. Lu e eu decidimos encaixotar nossos brinquedos, suspender nossa infância dentro de casa. Com isso, a rua tornou-se território sagrado para nós — aquele tipo de lugar onde um caminhão pode atropelar um pedestre, mas nunca ninguém iria chutar o brinquedo de uma criança.

Quando mais uma vez repito que o almoço está divino, o grande homem empurra o prato e sai da mesa — ele não suporta ouvir alguém elogiar o trabalho da mulher.

Zero a zero. Os dois times precisam da vitória para passarem às semifinais. Ninguém pode perder, ninguém pode bobear, um cochilo é fatal.

A partida é lá e cá, disputadíssima, e eu sinto que minha resistência está "esticada" ao máximo. É cada vez mais difícil voltar para buscar jogo, cobrir as descidas dos laterais, armar contra-ataques.

Miltinho tem razão, o preparo físico é a base de sustentação do atleta; sem preparo fica impossível render metade do que se é capaz. Jogo recuado, na marcação, esperando outra oportunidade para lançar Zezé. Em três tentativas, ele perdeu para os zagueiros, estão jogando sério.

Difícil ignorar as pernas doloridas, a saliva grossa, os pulmões exigindo todo o ar do mundo.

Numa jogada individual, Vinícius é derrubado pouco antes da meia-lua. Falta. Miltinho fica de pé, o grito é exagerado, todo o estádio o ouviu mandando eu cobrar. Vou.

Carlão passa por mim, bate de leve na minha bunda, deseja boa sorte. Arrumo a bola, tomo distância, seis caras na barreira. Encontro o sorriso do Zezé perdido no meio dos zagueiros. O goleiro grita, orientando a barreira. O juiz consulta o bandeirinha, ergue o braço, apita.

Eu corro, bato de pé direito, no capricho, como quem chuta uma tampinha no ralo. Minha *garota* passa pela barreira, faz uma curva graciosa no ar, evita o mergulho do goleiro e cai no ângulo esquerdo do gol. A rede balança, o grito da torcida estremece o estádio, começa a chuva de confetes.

O time todo salta sobre mim, inclusive o banco de reservas. Leva algum tempo para o juiz botar ordem na casa.

Agora a bola está no grande círculo, e antes que o jogo recomece Marquinhos entra no meu lugar. Vou caminhando na beira do gramado, pisando os confetes coloridos, ouvindo a galera gritar meu nome.

⚽ ⚽ ⚽

Quando Cássia começou a fazer parte da minha vida nós estávamos no início do campeonato e não sabíamos o que viria pela frente. Eu mantinha meu emprego na loja do seu Onofre e continuava com problemas para chegar a tempo nos treinos. Foi nessa época que eu andei pensando em fazer um curso de inglês e acabei desistindo por falta de grana.

Desisti do curso, mas não da secretária da escola. Chamava-se Cássia, e era a garota negra mais linda que eu já tinha visto. Cabelos em cachinhos, olhos amendoados, sorriso contagiante e um corpo de tirar seminarista do sério.

Ela me conhecia de nome — os irmãos eram fanáticos por futebol, comentavam em casa o que viam no estádio.

Daí que, numa tarde de sábado, lá estávamos nós tomando sorvete e rindo do filme a que acabáramos de assistir. Simplesmente maravilhoso vê-la sorrir. Não resisti: deslizei minha mão pelo seu braço nu, acariciei-lhe o pescoço e beijei-lhe os lábios. Ela correspondeu, e tudo ao redor ficou pequeno, sem importância.

Quando sobrava tempo eu a buscava na escola no fim do dia, comíamos macarrão à bolonhesa — nosso prato preferido — na cantina da Marcela. Um dos nossos passeios frequentes era pegar o metrô e descer na avenida Paulista, caminhar de mãos dadas, olhar os prédios, comer maçãs.

Uma vez, durante um passeio, a sandália de Cássia arrebentou, e para deixar tudo igual ela tirou a outra e continuou caminhando descalça. Solidário, também tirei meu tênis e acabamos o passeio com os pés imundos e esfolados. Foi o dia mais bonito do nosso namoro, sem contar, é claro, a tarde em que passamos no quarto daquele hotelzinho da avenida Duque de Caxias, no centro.

O lugar cheirava a mofo e a cama rangia miseravelmente. Mas como esquecer o corpo negro, nu, me convidando para pelejar sobre o lençol de cor indefinida, gasto de outras batalhas?

Como esquecer nossa tentativa ingênua de sincronizar os gemidos de felicidade com o zumbido insuportável do condicionador de ar? Cássia, que combinava com noites, flores, violinos!

Era muito bom, durante os jogos, encontrar o seu sorriso amplo e confiante em meio às bandeiras e aos bonés. Era muito bom ganhar o seu beijo quente no final das partidas, principalmente em dia de derrota.

Era muito bom.

Acontece que existia o lado chato da história: o pai e os irmãos de Cássia não viam com bons olhos o nosso namoro. Uma negra e um branco geram comentários desagradáveis, tanto de brancos quanto de negros. Melhor, diziam, cada um na sua. A sociedade (?) quer assim. Esquecer é fácil, o tempo ajuda.

A pressão aumentou e deu no que deu. Para não mantermos uma relação clandestina, cheia de medos, resolvemos seguir cada qual o seu caminho, quem sabe um dia no futuro...

Quando Cássia deixou de fazer parte da minha vida, nós tínhamos acabado de vencer o campeonato juvenil. Mas, para mim, foi como se tivéssemos sido os *lanternas*.

⚽ ⚽ ⚽

Luciana entra com os sapatos na mão, não acende a luz, troca de roupa no escuro. É a terceira vez na semana que ela chega tarde. Deitado na parte de baixo do beliche, com metade dos pés para fora, eu digo a ela que pode acender a luz se quiser.

Ela não quer, fica surpresa de me encontrar acordado. Qual o motivo da insônia? Você, eu respondo, e ela ri. Não sabia que eu fazia *bico* de anjo da guarda. Eu pergunto o que é que está acontecendo, se está precisando de ajuda. Não, ela não precisa de ajuda, só quer dormir, malhou demais na pista de dança.

Peço a ela para tomar cuidado, lá fora só tem maluco, não quero que nada de ruim lhe aconteça. "Mas vive acontecendo" — ela rebate —, "minha vida nesse lugar é tudo de ruim que pode acontecer a alguém".

Alguma coisa está trincando dentro dela, melhor não mexer para não quebrar.

Umas boas horas de sono vão lhe fazer bem. Espero.

⚽ ⚽ ⚽

Miltinho me apresenta a Alfredão, treinador do time principal. Ele conhece meu futebol, já me viu jogar, quer me dar uma chance no time de cima. O problema é que o treinamento do time número 1 é mais puxado, não tem mole para ninguém, disciplina é a palavra.

Oportunidade no time principal é o sonho de todos nós, integrantes do juvenil. A sorte bate à minha porta, preciso abrir rapidinho.

⚽ ⚽ ⚽

Depois do jantar, na cozinha, dou a notícia à minha mãe. Procuro explicar que jogar no time principal é complicado, que deixarei de ter as regalias que tinha no juvenil, o que significa que o trabalho na loja do seu Onofre pode atrapalhar.

Ela não vê motivos para indecisão, a escolha tem de ser pelo futebol, por aquilo que eu gosto e sei fazer. Diz que vai dobrar as faxinas para cobrir a minha parte, e não adianta eu dizer que não é justo, o caminho é esse, ponto final.

"Reumatismo? Ora, um bom rodo e uma boa vassoura resolvem."

"Falta de ar? Nada como uma boa pilha de roupas para passar."

Eu sei que não é justo, mas vou aceitar a proposta da minha mãe. Tenho que confiar nos meus pés.

⚽ ⚽ ⚽

Seu Onofre ficou chateado com a minha saída, porém reconheceu que meu rendimento é maior dentro do campo do que atrás do balcão. Gosto dele, e também para mim foi desagradável deixá-lo.

Atravesso a rua e entro na padaria, não chego a pedir a soda limonada que tinha em mente — vejo alguém caído próximo ao sanitário externo. Reconheço a roupa, os sapatos, os cabelos grisalhos puxados para trás: meu pai.

Não posso chamar o que sinto de pena, compaixão, raiva. Pode ser tudo isso, pode ser nada disso. Peço ao cara do balcão para me ajudar a erguê-lo e botá-lo num táxi. Ele transpira álcool, e do canto da boca desce um fio de saliva amarela. A cabeça caída sobre o peito, os olhos fechados, os braços abandonados ao longo do corpo. *O pai*.

Numa curva do caminho ele despenca em cima de mim. Eu o afasto com repugnância. Tenho nojo dele.

Em casa, minha mãe fica aflita ao vê-lo naquele estado, ela sempre se angustia. Completamente grogue, ele ainda tem forças para abrir os olhos e chamá-la de "credina". Com raiva, dou-lhe um puxão, arrastando-o para o banheiro como um saco de cebolas. Depois de abrir o chuveiro no frio, empurro o infeliz e ele cai sentado no boxe. Minha mãe corre para ampará-lo, mas eu grito que água fria só vai lhe fazer bem, então ela encosta na parede e fica contemplando piedosamente o grande homem resmungar coisas desconexas.

Eu deixo o banheiro e vou para o quarto. Trancaria a porta se isso bastasse para me distanciar da realidade.

⚽ ⚽ ⚽

Perdido e angustiado.

MOZART
COUTO

Não sei se fico com a bola ou o computador, com a bola ou o esquadro, com a bola ou a apostila do concurso público.

Meu sonho é poder criar com a bola nos pés, mas para isso é preciso treino, aplicação, determinação. É um caminho a percorrer, e eu tenho dúvidas quanto ao jeito de caminhar.

Deitado no beliche, olho a apostila do concurso público e vejo um estádio lotado, bandeiras ao vento e um garoto brigando pela posse da bola.

A camisa dele, a 10, está colada ao corpo, encharcada de esforço. Ele é um guerreiro, e suas chuteiras brilham contra o sol como duas adagas gêmeas. Às vezes, quando a luta ganha lances loucos e selvagens, ele, o guerreiro da camisa 10, parece flutuar sobre os competidores indicando-lhes o ritmo e a garra convenientes.

Eu esfrego os olhos, mas o grande estádio ainda está lá, sobre a apostila fechada. E o garoto da camisa 10 é incrivelmente parecido comigo.

Por que é que nada mais fica bonito em minha mãe?

Roupas, brincos, colares, maquiagem, nada desse tipo de coisa que existe para melhorar a aparência é capaz de transformá-la.

Certo, não existe mudança quando não se quer mudar.

Eu às vezes me pergunto onde e quando minha mãe optou pelo desinteresse, pelo tanto faz. Onde foi que ela deixou cair seu olhar?

Quem a vê agora tem a impressão de que a palavra feminilidade nunca fez parte do seu vocabulário. Errado.

Ela já foi bonita, sensual, vaidosa. Hoje é só mais uma dona de casa arrependida. Tristemente arrependida.

⚽ ⚽ ⚽

Alfredão me escalou no time reserva, que vence o titular por 2 X 1. O segundo gol nasceu de um passe meu para o lateral esquerdo, que descia para apoiar o ataque. Foi um lance rápido e bonito.

Cinco minutos depois Alfredão interrompeu o treino e pediu para eu trocar de camisa com o armador titular. Ele vem para o segundo time, eu vou para o primeiro. O cara bufa, eu sinto o clima.

Reiniciado o treino, percebo que a bola não chega em mim, quer dizer, estou no *gelo*. Volto para combater, para buscar jogo, para armar. Faço o que sei, o que gosto. Lá pelas tantas o médio-volante encosta em mim e diz para eu ir maneiro, suar menos a camisa. Eu não digo nada, não estou aqui para bater boca.

Certo, o recado me abala. Meu volume de jogo cai aos poucos, limito-me a passes curtos, nada de dribles, de lançamentos em profundidade.

No final do treino Alfredão bate na minha coxa, quer saber o que aconteceu. Eu respondo que fiquei sem gás, mas desconfio que não colou.

⚽ ⚽ ⚽

O cardápio do jantar é a decisão do grande homem de ir para uma clínica de recuperação de alcoólatras. A decisão, aliás, não foi motivada pelos inúmeros constrangimentos que o referido causa à família, e sim pelos constrangimentos que causa aos patrões durante o horário comercial. Isso ficou bem claro durante o falatório que tivemos de ouvir durante o rango.

Nossa mãe, como não poderia deixar de ser, emocionou-se com a notícia, chegando às lágrimas ao conhecer maiores detalhes do tratamento, que teria início no domingo seguinte numa clínica do interior do Estado. O processo de recuperação dividia-se em três fases, todas comprovadamente eficientes, reconhecidas no país e no exterior.

A garantia é de que em noventa dias o grande homem será um novo cidadão, um novo marido, um novo pai. E a família não precisa entrar em pânico: tudo corre por conta do abençoado doutor Alencar, proprietário da farmácia em que o grande homem trabalha desde os 14 anos.

Luciana ouvia tudo sem tirar os olhos do bife que esfriava no fundo do prato. Minha mãe fungava feliz como um passarinho que alguém acabara de libertar.

Quando a explicação chegou ao fim, e eu não encontrei motivos para continuar à mesa, desejei boa sorte ao grande homem e levantei. Saí para tomar o ar pesado da rua.

Aos 30 minutos do segundo tempo Alfredão fez sinal para eu me aquecer. Um bloco de gelo surfou no meu estômago. Não estou mais no time juvenil, entre amigos do mesmo bairro, sob a orientação do velho e camarada Miltinho. Agora eu visto a camisa 20 do time principal e vou substituir o titular da posição — craque, famoso, milionário.

Eu entro com a missão de encostar no centroavante, tabelar, criar jogadas. Com a ajuda de São Jorge Guerreiro meu joelho vai parar de tremer!

O jogo é disputado, corrido, violento às vezes. Preciso fazer de conta que estou no campinho da praça, decidindo qual time ganhará o direito de tomar garapa de graça. Preciso fazer de conta que estou ao lado de Marreco, Edu e Carequinha — amigos que cresceram e tomaram rumos diferentes na vida.

Depois de descobrir uma brecha entre dois marcadores, lanço o lateral-direito, que chuta por cima do travessão. Tabelo com o centroavante, deixando-o de frente para o gol, ele chuta em cima do goleiro.

Recupero uma bola perdida no nosso campo de ataque, acredito na jogada, vou à linha de fundo e cruzo rasteiro para trás. O centroavante acerta de chapa, no canto esquerdo, indefensável.

A torcida explode, o estádio treme. Antes de correr para comemorar com a galera, o atacante aperta minha mão. Foi o melhor prêmio que eu poderia receber.

Só uma parte do meu coração é ocupada — aquela que tem um gramado e uma bola. A outra parte está vazia.

Desde que Cássia saiu da minha vida, eu não abri a outra metade, não deixei o sol entrar. Falta de tempo? Medo de decepções? Talvez as duas coisas, talvez nenhuma. Ficar sozinho é ruim para o coração e para o fígado.

⚽ ⚽ ⚽

O craque, e dono da camisa 10, me convida para um passeio no seu carrão importado. Num deles, bem entendido, porque o craque tem dois carros e três motos. Todos com as iniciais do seu nome na chapa.

Aceito o convite e lá vamos nós, a todo vapor, pela avenida marginal. O craque parece querer mostrar que também é bom piloto. Enquanto dirige, conta que veio de família pobre, da periferia, e que ralou adoidado para chegar onde chegou. Pergunta se eu estudo, eu respondo que leio. O craque não lê, não se amarra em livros. Diz não ter cabeça para acompanhar histórias. História basta a dele, a de sua vida.

Considera-se um cara legal — deu casa para os pais, carros para os irmãos, contribuiu com a igreja do bairro.

Começo a me arrepender de ter aceito o convite, uma ligeira fermentação toma conta do meu estômago.

⚽ ⚽ ⚽

Lá pelas tantas, truncando um assunto, o craque comenta que eu "joguei muito" na estreia e ensina que em situações desse tipo a gente deve ir devagar, com pouca sede ao pote. Faz uma pausa e me encara para saber se eu entendi a "mensagem".

Sem tirar os olhos do asfalto, explico que fiz apenas o que o técnico pediu. Se me dei bem ou se me dei mal não importa, o que conta é o time ter vencido. Eu sou empregado do time.

O craque concorda, também ele trabalha para o time, só que "não vale a pena se matar pela camisa, pois quem ganha na verdade são os cartolas".

Agradeço a "dica" e recuso o convite para comer um espeto na sua churrascaria preferida. Por hoje basta. Meu estômago não é de ferro.

"Embora demonstrando certa tendência à melancolia e ao retraimento, o paciente vem respondendo de maneira satisfatória ao processo de recuperação estipulado de acordo com seu histórico..."

O boletim médico da clínica deixa todos nós aliviados. Minha mãe vai um pouco além, está exultante. Sempre acreditou na recuperação do pai, nada como um dia depois do outro, para tudo nesse mundo tem remédio.

Aproveito o momento de felicidade geral e anuncio uma máquina de lavar roupas para a mãe e uma gargantilha de prata para Luciana. Conto que isso são os primeiros resultados do meu trabalho calçando chuteiras, e elas batem palmas e cantam parabéns abraçadas em mim.

É bom ter alguém com quem compartilhar a felicidade.

ZERO A ZERO

TADEU PEREIRA

Coleção Jabuti Vida

Editora Saraiva

Apreciando a Leitura

■ Bate-papo inicial

Rodrigo trabalhava como balconista e treinava futebol no juvenil. Devido ao seu talento, foi levado para o time principal. Nos primeiros jogos ficou no banco de reservas, mas logo apareceu a oportunidade de substituir o titular, vestindo a camisa 10. Seu bom desempenho garantiu-lhe a permanência no time oficial e ainda lhe trouxe outras oportunidades, como fazer comerciais para a televisão.

Como qualquer pessoa, tinha seus problemas. O pai era alcoólatra, e o sustento da casa corria por conta da mãe, que trabalhava em serviços domésticos.

Habituado à vida dura, a carreira de atleta apresentou-se como a chance real de melhorar de vida. Tudo caminhava bem, o dinheiro já dava para gastos extras e, por isso, resolveu comprar uma motocicleta. Passaram-se três meses, e o dia da tragédia chegou. Pilotava tranquilamente pela avenida, quando sentiu o choque da batida. No hospital, muitos dias em coma, depois a notícia da paraplegia, e por fim a cadeira de rodas...

■ Analisando o texto

1. Neste livro aparece um grande número de personagens. Relacione as duas colunas, procurando estabelecer a correspondência correta.

(1) Rodrigo	( ) dono da farmácia
(2) Seu Geraldo	( ) pai de Rodrigo
(3) Cássia	( ) mãe de Rodrigo
(4) Gisele	( ) namorada de Rodrigo
(5) Luciana	( ) amigo de Rodrigo
(6) Miltinho	( ) treinador do time principal
(7) Zezé	( ) treinador do juvenil
(8) Doutor Alencar	( ) personagem-narrador
(9) Alfredão	( ) irmã de Rodrigo
(10) Dona Teresa	( ) motocicleta

2. Luciana é irmã de Rodrigo. Como é o relacionamento entre os irmãos?

R.: ______________________________

____

____

____

3. Luciana deixa seu emprego de balconista de videolocadora para ser garota de programa. Qual é sua opinião sobre isso?

R.: ______________________________

____

____

____

____

4. Quando era pequeno, Rodrigo sentia muito medo de seu pai. Por quê?

R.: ______________________________

____

____

____

Para qualquer comunicação sobre a obra, entre em contato:

SAC
0800-0117875
De 2ª a 6ª, das 8h30 às 19h30
www.editorasaraiva.com.br/contato

Escola: ______________________________

Nome: ______________________________

____

Ano: ______________ Número: ______________

5. Por que Rodrigo e Cássia terminaram o namoro?

R.: ____

____

6. Por que Rodrigo deixou de trabalhar na loja de seu Onofre?

R.: ____

____

7. O rapaz que atropelou Rodrigo não o socorreu. Como punição, ficou proibido de dirigir durante seis meses.
O que você acha da punição dada pelo juiz? Justifique sua resposta.

R.: ____

____

____

____

____

____

8. Depois do acidente, quais as dificuldades diárias enfrentadas por Rodrigo?

R.: ____

____

____

____

9. Rodrigo voltou a trabalhar na loja de seu Onofre. O que o motivou a tomar essa decisão?

R.: ____

____

____

____

10. Relacione o título do livro à vida de Rodrigo.

R.: ____

____

____

____

____

____

____

____

Linguagem

11. Leia com atenção: "Lá vai, com efeito, nos pés do 9, que não perde o lance: empurra a *tiazinha* para o fundo do *balaio*". (p. 5)

a) Reescreva a frase, substituindo os termos destacados por outros sem alterar o sentido.

R. ____

b) Quando o substantivo aparece na sua forma diminutiva, ele pode exprimir uma ideia pejorativa ou uma ideia afetiva. Em *tiazinha*, a ideia expressa indica:

( ) desprezo ( ) carinho ( ) crítica ( ) indiferença

12. Leia com atenção: "Onomatopeia consiste na representação de certos sons, produzidos por animais ou coisas".

Em relação à frase abaixo:

"— Também, com aquela bola açucarada, até eu fazia o gol. Dava um chapéu no goleiro e estufava a rede! Tchóf!" (pág. 5)

a) copie a onomatopeia;

b) indique o que esse som quer expressar;

c) consulte jornais, revistas e gibis e retire outros exemplos dessa figura de linguagem.

R.: ____

____

____

Pesquisando

13. "A imagem do atleta jovem, saudável, de bem com a vida e pronto para assumir um lugar de destaque no panorama esportivo nacional" é comum nos comerciais feitos para televisão, revistas e jornais. Confirme essa ideia, trazendo para a sala de aula textos publicitários extraídos de revistas e jornais.

14. No futebol, a especialidade de Rodrigo era o lançamento em profundidade. O treinador compara seu modo de jogar ao de Gérson, "o canhotinha de ouro". Faça uma pesquisa em livros e revistas especializadas e traga mais informações sobre esse jogador.

15. Falando de suas preferências, Rodrigo cita Alexandre Dumas e Angelina Jolie. Se quiser saber um pouco sobre esses artistas, consulte livros e revistas ou a Internet.

16. Certamente você já observou que as pessoas portadoras de deficiência também praticam esporte. Se quiser saber um pouco mais sobre esse assunto, consulte a Associação Desportiva para Deficientes (ADD). Site: www.add.org.br.

■ Redigindo

17. Escolha alguns colegas e forme um grupo. Faça um levantamento de expressões e gírias próprias do futebol. Comece seu trabalho selecionando os vocábulos que aparecem neste livro. Depois amplie sua lista procurando outros termos em jornais e revistas.
Organize o material e coloque-o em ordem alfabética. Faça como nos dicionários de língua portuguesa: redija um verbete para cada palavra e as definições das expressões. Não se esqueça de indicar a classe gramatical (substantivo, adjetivo, verbo, etc.).

18. Agora faça de conta que você é um comentarista de futebol e redija um conto que tenha como tema central o desempenho de um jogador de seu time favorito.

"A vitória do time *A* na tarde de ontem, consolidada na etapa final, confirma a atual boa fase da equipe comandada pelo técnico Alfredo Colonesi, o Alfredão. Adepto do processo de promover jogadores do elenco juvenil, o treinador mais uma vez acerta ao apostar no talento de Rodrigo, armador revelado no próprio clube. Isso ficou claro na partida de ontem, quando o time passou a mostrar maior desenvoltura a partir da entrada do jovem meia, aos 34 minutos do segundo tempo.

Somente a jogada do gol da vitória, saída dos pés de Rodrigo, bastaria para justificar a sua presença no time principal. Mas não foi só. Além da participação fundamental na decisão do jogo, Rodrigo também atuou — e bem! — na marcação, aliviando o trabalho dos zagueiros e facilitando o avanço dos laterais, fator determinante no resultado final. Por isso, Rodrigo é o destaque da nossa edição de hoje."

Logo abaixo do texto vem a foto de um lance do jogo: eu, entre dois zagueiros, tocando a bola para o centroavante marcar o gol da vitória. É uma foto bonita, colorida, ocupando meia página do caderno de esportes do jornal. Vou guardá-la para olhar nos dias de maré baixa.

Notícia boa: Zezé, meu colega de juvenil, vai para um time grande do Sul. O pessoal de lá gostou do futebol dele, mandou buscá-lo. Grande oportunidade para o meu amigo, que, além de raçudo e oportunista, é habilidoso, sabe "conversar" com a bola.

MOZART
COUTO

Quando Zezé chegar não vai ter para mais ninguém. Pode apostar.

⚽ ⚽ ⚽

Foi durante um almoço de domingo que Luciana comunicou sua decisão de sair de casa. Desenhava círculos na toalha com o dedo mindinho enquanto nos explicava a necessidade de se morar próximo ao local de trabalho como forma de economizar o dinheiro da condução.

Falava sem nos encarar, como se estivesse conversando ao telefone.

Nossa mãe não conseguia entender o porquê de economizar dinheiro de condução se o emprego era novo, melhor que o anterior. Para convencê-la, Luciana descrevia itinerários intermináveis para os ônibus que teria de tomar diariamente e procurava vampirizar ao máximo o clima reinante num buzão lotado.

Dei uma força dizendo que nas grandes cidades do mundo as pessoas estão se mudando para perto do local de trabalho como forma de diminuir o desgaste provocado pelo trânsito infernal.

Embora a contragosto, nossa mãe acabou aceitando a ideia de ter a filha fora de casa, e Lu mudou-se no meio da semana seguinte.

⚽ ⚽ ⚽

Depois da minha terceira participação no time principal, surgiu uma proposta legal de ganhar uma graninha extra: gravar um comercial para a TV, anunciando uma nova marca de tênis.

A princípio achei que não daria para a coisa e cheguei a comunicar ao pessoal da produtora que eu estava longe de ser um "tipo televisivo", isto é, não era dono de nenhum requisito de beleza. Entretanto, eles me convenceram que beleza, no caso, não era fundamental. Queriam, isso sim, a imagem do atleta jovem, saudável, de bem com a vida e pronto para assumir um lugar de destaque no panorama esportivo nacional.

Convencido, lá fui eu. O roteiro era bastante simples: eu fazia um lançamento longo que acabava nos pés de um atacante, que, depois de tocar para as redes, corria para me abraçar. A câmera fechava nos meus pés calçados com os tais tênis, e a voz do locutor dizia: "às vezes é mais gratificante criar do que executar".

Com o dinheiro do cachê começo a namorar uma garota vermelha, linda e potente: uma moto 350cc.

Ela fica exposta na entrada da concessionária, a meio quarteirão de casa, e brilha com mais intensidade quando eu passo para vê-la. Confesso: não consigo tirá-la do pensamento e só moderei a ansiedade depois que ganhei da loja um folheto publicitário com ela na capa.

Deitado na cama, à noite, não sou capaz de pegar no sono sem antes namorá-la por dez minutos.

Foi assim que, finalmente, a outra metade do meu coração começou a ser ocupada.

A notícia teve o efeito de uma xícara de café amargo no estômago vazio.

Meu pai está morto.

Tomou uma dose excessiva de calmantes, teve uma parada cardíaca da qual não conseguiu se safar.

Refeitos do impacto provocado pela notícia, lentamente começam a brotar perguntas incômodas: como é que um medicamento perigoso pode chegar facilmente às mãos de um interno? Um paciente que alterna surtos de melancolia e baixa autoestima não precisa de acompanhamento vinte e quatro horas?

Doutor Alencar, que custeara o tratamento, também não tinha respostas. Limitou-se a abanar a cabeça e, entre um suspiro e outro, procurou tranquilizar nossa mãe quanto à remoção do corpo e ao sepultamento.

Deixo registrado que, afora o choque da notícia e todo o clima que envolve tal situação, não consegui chorar como chorou nossa mãe.Tampouco meus olhos ficaram úmidos como os de Luciana.

Confesso que me esforcei para apagar da mente uma cena que marcou o início da minha adolescência: seu Geraldo bêbado numa distante noite de Natal, arrancando da árvore o pisca-pisca que o deixava nervoso. Durante todo o velório, as imagens daquela noite insistiram em trazer o passado de volta. Conseguiram.

Minha mãe vestiu luto e adotou, durante um tempo, o costume de passar diariamente na farmácia do doutor Alencar com a justificativa de cumprimentá-lo. Queria, na verdade, contemplar por alguns segundos a beirada do balcão onde o marido tinha o hábito de atender os fregueses, numa tentativa dolorosa de conseguir "localizar" o espectro do único homem que amara na vida.

Não quis deixar o trabalho, pois achava que a falta de movimentação acabaria piorando as coisas. Algum tempo depois já não chorava todos os dias, embora ainda conservasse o tique de estalar seguidamente os dedos das mãos. Passou também a se alimentar melhor, interessando-se pelas atividades culinárias, caprichando no preparo dos nossos pratos favoritos.

Luciana vinha visitar-nos todas as semanas, vestia-se discretamente, falava o necessário. Adotou o hábito de trazer flores do campo, que espalhava pela casa com invejável disposição. Era imbatível na tentativa de passar a impressão de que tudo estava azul e harmonioso.

Foi nessa época que surgiu na minha vida a figura de um empresário. Ele era argentino, dizia-se altamente qualificado na área de relações públicas, e pretendia fazer de mim um semideus da bola.

Falava muito, gesticulava, misturava espanhol, português e italiano. Apresentava listas quilométricas com nomes de jogadores nacionais e internacionais, gabando-se de tê-los transportado da escuridão do anonimato para as luzes da fama. Evidentemente que eu, um garoto brilhante, necessitava das suas "dicas mágicas" para evitar os eventuais tropeços.

Admirado, olhei para o grande homem que não tropeçava e prometi ligar-lhe assim que tivesse certeza de que era um *garoto brilhante*.

Sonhei a noite toda com ela. De manhã, louco de paixão, saí de casa sem tomar café e fiquei zanzando até o banco abrir. Depois, ansioso, retirei o salário, mais o "bicho" da última partida e o cachê do comercial. Corri para a concessionária, fui direto à mesa do gerente e coloquei diante dele os pacotinhos de cinquenta, anunciando que levaria a garota da vitrina: a vermelha de frisos azuis.

Com o coração estourando de alegria, bati no apartamento de Luciana, tirei-lhe da cama e fomos juntos curtir o brinquedo novo. Ruas, praças, túneis, avenidas — tudo ficou acanhado diante daquela maravilha de duas rodas.

O que mais é preciso para ser feliz?

A primeira semana foi divina, e eu tive a impressão de que seriam necessárias duas vidas para curtir o mundo e suas possibilidades. As horas, o tempo, as obrigações, nada mais fazia sentido. Agora, só o vento, as distâncias, a natureza eram capazes de oferecer-me um tipo de sensação prazerosa até então desconhecida.

Gisele, minha moto 350cc, deixou minhas chuteiras e meu coração mais leves.

⚽ ⚽ ⚽

O titular da camisa 10 contundiu-se num treino, e eu ganhei o direito de vesti-la durante 90 minutos.

No vestiário, antes de entrar em campo, Alfredão procura me tranquilizar dizendo que a camisa 10 não é pesada, ela é só um pouco justa nas mangas. Eu sorrio em resposta e fico pensando se a frase é humorística ou se esconde alguma espécie de profecia. Tomara que seja humorística.

O jogo começa, e os primeiros minutos são do adversário, que marca forte a nossa saída de bola. Já levei três pontapés: um involuntário, dois maldosos. Nosso goleiro fez uma defesa milagrosa, e um outro arremate carimbou nossa trave direita. Alfredão grita com a defesa, grita com o meio de campo, grita com o juiz. Se continuar nesse ritmo vai acabar tendo um enfarte.

⚽ ⚽ ⚽

Acerto com o camisa 8 jogarmos mais próximos, tocarmos a bola rápido, de primeira. Dessa maneira, aos poucos, a coisa começa a funcionar — a bola chega nos pés dos atacantes com boas chances de finalização. Com esse início de reação, vem o inesperado: a expulsão do nosso camisa 5 por jogada desleal. Não foi desleal, foi dura, mas o juiz interpretou à sua maneira. Repentinamente, o time acende, passa a correr mais para cobrir a falta do companheiro. A troca de passes melhora bastante, já estamos chegando na cara do gol.

No finalzinho do primeiro tempo recebo passe do número 8, toco novamente para ele, que devolve de primeira, eu abro as pernas, deixando para o lateral-esquerdo, que vem na corrida. Uma bomba de pé esquerdo, o salto inútil do goleiro, a bola beijando o fundo da rede.

O segundo tempo é corrido e emocionante, com o adversário vindo para cima, correndo atrás do prejuízo. Numa cobrança de escanteio, depois de um bate-rebate dentro da área, eles conseguem o empate, e a partir daí o jogo pega fogo.

Mais uma vez meu amigo São Jorge mostra o caminho: a bola vem alta, na entrada da grande área, eu mato na coxa esquerda e giro de pé direito, forte, rasteiro, rente à trave. O goleiro fica imóvel. O time todo corre para cima de mim, vejo a festa da torcida, o sorriso largo no rosto do Alfredão.

Emocionado, agradeço a São Jorge e começo a chorar diante de 80 mil pessoas.

Relutante, minha mãe aceitou passear de moto pela cidade. Medrosa, rezou baixinho durante todo o trajeto. Mas, finalmente, acabou aprovando *Gisele*.

O diretor de um grande time carioca procurou a diretoria e fez uma oferta para me levar. O clube recu-

sou, e o Alfredão garantiu que essa é a hora certa para se negociar um bom salário.

Minha irmã dorme durante o dia e trabalha à noite.

Vida de garota de programa não é fácil, mas foi ela que escolheu. Espero que saiba tomar conta de si.

Sábado de sol.

Ninguém é capaz de ficar em casa num dia assim.

Aproveito a folga do time no final de semana para rodar com *Gisele*. Vou sozinho, já que minha mãe preferiu a igreja e Luciana tem seus compromissos.

O sol está em toda parte — nas pessoas, nos prédios, no asfalto. Só em países escuros, cinzentos, os homens pensam em fazer guerra. Acho eu.

Na avenida larga, cravejada de *outdoors*, vou deslizando e pensando numa taça de sorvete, num beijo de namorada. Isso, claro, se eu tivesse uma. Lá na frente, na curva dos prédios, o sinal está verde para mim. O sorvete e o beijo, o beijo e o sorvete...

De um segundo para o outro acontece a trava violenta e, antes de "voar" por cima dos carros, eu vejo a garota do *outdoor* sorrindo para mim. Depois a queda, a escuridão.

As trevas.

Estou numa pista molhada, vestido com o uniforme do meu time, calçando chuteiras de ferro que dificultam o caminhar. Ao ficar de quatro e me arrastar no chão molhado, percebo, à minha esquerda, um carro de Fórmula 1 destroçado contra o *guardrail*. Forço a vista e noto alguém em meio às ferragens. Sua mão enluvada, vermelha de sangue, pede ajuda.

Com a roupa encharcada de um suor com cheiro de gasolina, consigo finalmente ficar de pé. Estendo minha mão, mas ela não alcança as ferragens do carro, quero gritar e não tenho voz. Olho para baixo e descubro minhas chuteiras soldadas à pista. Começo a chorar, embora eu não ouça o meu choro, nem sinta as minhas lágrimas.

72 horas na zona fantasma. Entre o nada e o nada.

Respirei por aparelhos, tomei sangue, soro, litros de drogas. O que vi primeiro quando retornei da escuridão foram os tubos e os fios; depois, através do vidro da UTI, minha mãe, Luciana e Miltinho.

Abri e fechei os olhos em substituição ao sorriso que não pude dar. Luciana e minha mãe se abraçaram, e deu para notar o grande Miltinho secando uma lágrima com as costas da mão.

Não entendi o que a enfermeira quis dizer com "está tudo bem", talvez estivesse falando sozinha, não sei. Fiquei olhando ela consultar aparelhos, pressionar botões, encaixar tubos. Sinto dor, mas não consigo localizar onde. Silenciosa como chegou, a enfermeira vai embora.

De olhos fechados eu pergunto a Deus o que significa tudo isso. Aguardo resposta.

⚽ ⚽ ⚽

Senti a picada e abri os olhos. Lá estava novamente a moça de branco, injetando na minha veia mais uma porção daquele líquido violeta que passou a ser meu "visitante" diário.

Sobre a mesinha de cabeceira, entre xícaras e remédios, um pequeno girassol e um bilhete. A enfermeira coloca o girassol sobre o meu peito e lê o bilhete: "Passamos para te ver, mas você dormia como um urso velho. Voltamos amanhã, fique bom logo, mamãe e Luciana". Eu sorrio agradecido. A moça ajeita a sonda da urina, arruma os travesseiros e sai.

Eu olho o girassol, o soro pingando lento, o quarto branco e silencioso. Também vejo minhas pernas, mas tenho a impressão de que elas não estão ali onde sempre estiveram, não consigo senti-las. Por favor, digam que é só impressão!

Quando os médicos dispensaram tubos e fios e autorizaram alimentação sólida, minha mãe levou pêssegos e Luciana apareceu com duas caixas de bombom.

Comi dois pêssegos e três bombons ouvindo minha mãe falar sobre os problemas com a pia da cozinha. Depois Luciana começou a contar o novo filme do Bruce Willis, e eu aproveitei para comer outro bombom.

Assim que Luciana deu um tempo para tomar água, eu respirei fundo e olhei nos olhos da minha mãe. Perguntei-lhe a razão de eu não estar sentindo minhas pernas, daí ela não resistiu e caiu no choro. Luciana tentou remendar a coisa explicando os efeitos de uma determinada combinação de antibióticos e polivitamínicos, mas não conseguiu convencer.

Pedi para me contarem a verdade, fosse qual fosse.

Minha irmã virou o rosto para a parede e começou a soluçar.

Foi então que eu compreendi que minha vida tinha entrado num vestiário escuro e sem ventilação.

Agora eu fico aqui, quietinho, na cadeira de rodas que a diretoria do clube descolou, olhando a televisão desligada, tentando descobrir quem foi que me abandonou: meu anjo da guarda ou São Jorge Guerreiro.

Bobagem, eu sei. Mas ultimamente eu só tenho cabeça para pensar idiotices, coisas de quem não tem nada de interessante para fazer. Pior que tenho: preciso aprender a "pilotar" a cadeira de rodas dentro de casa. Pode parecer, mas não é nada fácil driblar mesas, poltronas, armários. Preferia estar em campo enganando os zagueiros.

Mais uma vez olho a revista esportiva sobre a mesinha da sala. Na capa, uma foto minha na cama do hospital, e logo abaixo a palavra absoluta: "Pesadelo".

Não li a matéria porque já conheço o fim da história, mas o título é perfeito.

Os especialistas foram definitivos: andar nunca mais.

Tudo bem, estou me acostumando a notícias "duras". Melhor assim. Nada de "existe uma remota possibilidade", ou "os americanos estão empregando uma nova técnica". Esse tipo de coisa alimenta falsas expectativas, estropia a esperança. E esperança contundida prejudica o rendimento do coração.

Para facilitar meu novo dia a dia, minha mãe cuidou de modificar primeiro o banheiro, adaptando-o às necessidades de um paraplégico. Com o tempo — aplicando sabiamente o dinheiro ganho com seus trabalhos — ela fez o mesmo com o restante da casa, livrando-a de portas, batentes, degraus e demais dificuldades arquitetônicas.

Assim, nossa casa transformou-se completamente, trocando suas características acolhedoras por um ar de centro de fisioterapia. Nada contra os centros, mas morar numa casa com rampinhas e corrimãos por todos os lados é um tanto angustiante, principalmente para quem não está acostumado com isso.

Por falar em angústia, tenho perdido o interesse de sair do quarto. Não tenho o que fazer lá fora.

Alguém ligou para o disque-denúncia da polícia e deu o número da chapa do carro que me atropelou. Uma picape do ano, dirigida por um garotão que tinha brigado com a namorada, tomado uns drinques e saído com raiva da humanidade. Ele fugiu porque achou que eu tivesse apenas "ralado" o joelho, nem imaginava que aquela *pancadinha* fosse capaz de deixar alguém numa cadeira de rodas. O garotão sente muito por mim, e o juiz vai deixá-lo 6 meses sem dirigir. Tá bom pra você?

Três dias sem sair do quarto, sem sequer acender a luz. Minha mãe entrou no final do segundo dia e eu a espantei com um berro. Chato, mas era o único berro que eu tinha no momento. No dia seguinte, na hora do almoço, Luciana invadiu o quarto cantando a música-tema do filme *Titanic*, abriu a janela e começou a espanar os móveis, fingindo não me ver.

Achei engraçado e senti saudade do tempo em que a gente dividia o quarto. Aí ela ajoelhou ao lado da cama, sem parar de cantar, e espanou minha cara, meus braços, minhas pernas. Eu ri, ela riu, colou seu nariz no meu e pediu por favor que eu voltasse à vida.

Acariciei seus cabelos e beijei seu rosto. Percebi que chorava e então pedi-lhe que sorrisse. Ela respondeu que faria isso só depois de me dar um bom banho, que o meu estado era lastimável. Aceitei o trato.

O lateral-direito recupera a bola no meio-campo, dispara, vai à linha de fundo e cruza na pequena área.

Eu giro o corpo no ar, apoiado nos braços da cadeira de rodas, e dou a *bicicleta* mais incrível que alguém poderia dar. A bola entra no ângulo esquerdo do gol adversário, meus companheiros correm para me abraçar, a galera vai à loucura.

Na jogada seguinte eu disputo a bola, o adversário fica no chão, o juiz apita e mostra cartão vermelho para a cadeira de rodas. Jogo perigoso.

A cadeira de rodas é empurrada para fora de campo. Eu fico no meio do gramado, imóvel, sem saber o que fazer. O jogo recomeça e não consigo sair do lugar. A bola passa perto de mim e não tenho como alcançá-la. Minhas pernas estão chumbadas.

Começo a chorar, e de repente todo o estádio está chorando comigo. Vejo minha mãe saindo do vestiário e vindo na minha direção. Ela me apanha no colo e sai comigo nos braços. A torcida aplaude de pé. Eu acordo chorando, mas o estádio ainda está lá, pulsando na escuridão do quarto.

O bom Miltinho veio me visitar. Trouxe uma caixa de ameixas roxas e uma vontade enorme de demonstrar ânimo, alto astral. Quase conseguiu. Falhou aos 43 do segundo tempo, quando seus olhos encheram-se d'água ao lembrar a grande final do campeonato juvenil. Eu disse que haveria outras finais, tão emocionantes quanto aquela, e que outros Rodrigos estariam vestindo a camisa 10. Ele balançou a cabeça, tentou dizer alguma coisa, tornou a falhar. Tomou o café que minha mãe serviu e só foi embora depois que eu prometi ir ver seu novo time jogar.

Zezé, meu amigão da camisa 9, está mais encorpado. Sentou no chão ao lado da cadeira de rodas, fez suspense com a caixa que trazia debaixo do braço. Ao abri-la, tive uma surpresa agradável: era uma jaqueta nas

MOZART
Couto

cores do seu time, um dos grandes do Sul. Vesti, ficou na medida, virei gaúcho na hora.

Depois nós comemos biscoitos de polvilho, falamos de cinema, música, mulheres bonitas. Em nenhum momento o assunto foi futebol, por isso Zezé conseguiu mais um dos seus belos gols.

A felicidade também pode ser um amigo inteligente.

Eu sinto o calor das mãos de Cássia enquanto a ouço contar, em voz baixa, que a vida com o pai e os irmãos tornou-se insuportável e que por essa razão está indo morar com uma prima nos Estados Unidos. Vai ser garçonete, balconista, ou qualquer coisa do gênero. Diz que as fadas do destino não quiseram que ficássemos juntos, que não se pode fazer nada contra elas, apenas aceitar suas imposições.

Eu digo que ela será feliz em qualquer lugar do mundo. Ela beija meu rosto, eu acaricio o dela, e de repente estamos chorando, baixinho, sem soluços, como devem chorar as sombras.

Depois que Cássia vai embora eu me fecho no quarto e pergunto a Deus se terei forças para resistir. Enquanto espero a resposta recomeço a chorar.

O ato de urinar é o segundo mais sublime realizado pelo ser humano, daí a sua importância no controle do nosso humor diário.

Redundante dizer que urinar, para mim, tornou-se um calvário, o que explica o meu humor mais para rinoceronte do que para canarinho.

Espero que com o tempo eu aprenda a lidar com esse tipo de situação.

Vou com minha mãe ao cemitério visitar o túmulo de meu pai. O lugar fica próximo de casa, mas qualquer saidinha agora é uma aventura: ir, por exemplo, à padaria da rua de cima equivale a atravessar a Cordilheira dos Andes.

Apesar das dificuldades impostas pelas tais barreiras arquitetônicas, minha mãe saiu-se bem na tarefa de pilotar a cadeira de rodas.

Diante do túmulo, ela ajoelhou-se para rezar e acabou entregando-se ao desespero. O choro e os soluços trouxeram-lhe um tremor corporal desagradável de se contemplar, daí que resolvi concentrar minha atenção nas formigas que desfilavam calmamente ao longo da sepultura.

Elas estavam ali apenas cumprindo sua missão básica de ir e vir, alheias à dor da perda, ao desespero da separação irremediável. E por um momento eu tive a estranha sensação de que o mundo funcionava exclusivamente em função daquele grupo de formigas. Nada mais existia ou fazia sentido senão aquelas figurinhas negras correndo de um lado para outro.

Quando finalmente minha mãe voltou ao normal e olhou para mim, perguntou-me se eu tinha chorado. Respondi que sim, e ela falou que o pai era uma pessoa boa e digna e que deveria "estar" num lugar agradável.

Evitei fazer comentários, achando melhor não lhe dizer que havia chorado porque descobri que o planeta girava pelas formigas. Limitei-me a balançar a cabeça, deixando-me levar através da alameda inundada pelo sol.

Não consigo evitar o choro quando me vejo na TV, na partida de estreia no time principal. Lá estava eu, em tarde inspirada, correndo atrás da vitória.

Meu Deus, como era bom correr! Como era bom ter a bola nos pés!

Seu Onofre, dono da loja em que eu trabalhei, veio me visitar com sua mulher, dona Elvira.

Eles foram divertidos, falaram amenidades, coisas bobas que a gente gosta de ouvir. Na hora da despedida seu Onofre contou que, se eu quiser, meu antigo emprego está lá, esperando por mim. Revelou que mandou rebaixar a guia da calçada e da porta da loja só para que eu possa visitá-lo quando estiver a fim.

Emocionado, abracei o velho e beijei-lhe a mão.

Mais tarde, no quarto, agradeci a Deus por ter amigos.

Dois dias fechado no quarto escuro, pensando bobagens.

Vale a pena viver com a certeza de não voltar a ser um sujeito normal?

Para que continuar *nessa* sabendo que nunca mais terei contato com a bola?

Tenho o direito de continuar sendo um *poste* para minha mãe e para a minha irmã?

Será que aquela garrafa de conhaque no armário é uma boa companhia?

Enquanto isso, o planeta continua girando porque as formigas têm de prosseguir com seu monótono trabalho de ir e vir.

⚽ ⚽ ⚽

Corri 90 minutos e não consegui movimentar o placar.

Minha vida não saiu do *zero a zero*.

⚽ ⚽ ⚽

Dentro de casa o sol é frio e a fé é curta.

Resolvo sair, sozinho, como convém a uma pessoa normal.

Olho o portãozinho baixo que eu sempre pulei para ganhar a calçada. Nó. Mordo os lábios e vou em frente. Levo algum tempo para colocar a cadeira de rodas do outro lado.

Aqui fora o sol está em toda parte, espero que ele consiga entrar em mim.

⚽ ⚽ ⚽

As pessoas me cumprimentam e rapidamente desviam o olhar, ninguém consegue encarar um deficiente por mais de um minuto. Problema dos deficientes? Problema das pessoas?

Meus braços doem. Tudo é uma questão de hábito, de treino. O tempo dirá.

Olho a calçada oposta como se ela fosse um outro país; a rua se agita como um mar em tormenta. Sinto-me impotente, insignificante. Alguma coisa áspera passeia na minha garganta, meu peito arde. Aí vem uma nova crise de choro.

Angustiado, giro a cabeça e vejo, a poucos metros de onde estou, três cachorros vira-latas disputando o almoço. Dois deles são grandes e ariscos, o terceiro é pequenino, e falta-lhe a pata esquerda traseira. Devido à dificuldade de movimento, dá a impressão de que vai perder o bocado de comida que disputa ao lado da lixeira.

Falsa impressão. O pequenino cão sem pata rosna para os maiores, garante o seu lanche com bravura e sai com ele preso aos dentes. Atravessa a rua driblando os carros com agilidade peculiar e vai, triunfante, saborear a vitória debaixo do banco da praça.

Meus olhos agora estão cheios de lágrimas, e eu me surpreendo aplaudindo o cãozinho como se ele tivesse feito um gol de placa. Pensando bem, foi isso mesmo que ele fez.

MOZART

Esse fato me levou a decidir: retorno para a loja do seu Onofre. Nada de tremedeira na hora do pênalti. Tenho que sair do zero a zero. Sim, meu chapa, só fica no zero quem já morreu. Vou fazer como o cãozinho sem pata — *brigar pelo osso que me cabe*.

Tudo fica mais difícil sentado numa cadeira de rodas.

O mundo não foi planejado para quem não pode usar as pernas, os braços, os olhos, o raciocínio. Entretanto, somos nós — os com *defeito* — que precisamos lutar para reverter esse placar contrário. Palavras como união e organização só podem dar certo se também apresentarmos propostas, ideias, sugestões aos homens públicos, aqueles que possuem *mecanismos* para mudar nossas vidas.

Por isso, ao tomar parte de um grupo de pessoas com algum tipo de deficiência, acredito estar contribuindo bastante para mudar as coisas para melhor.

Bom demais retornar ao trabalho na loja do seu Onofre. Rever os colegas e os antigos fregueses foi benéfico para o meu estado de espírito. Lá, no dia a dia, presencio manifestações de amizade, de carinho, de solidariedade. O contato diário com os companheiros e a própria movimentação da loja melhoraram o meu humor, a minha ansiedade e até o meu apetite.

Atrás do balcão eu pude redescobrir o prazer de olhar as coisas simples e insignificantes que dão colorido à nossa existência. Lido assim até parece coisa copiada de algum livro piegas. Mas a vida é isso mesmo — um livro piegas que a gente lê porque ganhou de presente.

Achei que indo ao estádio o meu coração fosse parar.

Que nada!, bateu mais forte, com mais *pegada*, igual a um time gaúcho.

Minha mãe, que raramente vai a um estádio de futebol, foi junto para ajudar-me a transpor as inúmeras barreiras arquitetônicas. Para os engenheiros, as pessoas portadoras de deficiência física só podem ver futebol pela TV. Essa é a realidade.

Quanto ao jogo, gostei. O time do Miltinho está jogando o fino. E descobri que Rodrigo e Zezé são lembranças de um filme de ontem.

Hoje tem filme novo, com novos atores.

Rei morto, rei posto. Ainda bem.

Um certo colégio me convidou para falar sobre a experiência de ter sido uma revelação do futebol e, repentinamente, ter perdido essa condição por culpa de um acidente de trânsito.

A princípio pensei em recusar, achando que seria incapaz de falar sobre o assunto. Mais tarde refleti: o medroso pode não gostar de topar com fantasmas pela frente, mas por que não falar sobre eles?

Fui e gostei.

A garotada mostrou interesse. Todos fizeram perguntas, analisaram, debateram. Finalmente, concluíram que talento, oportunidade e destino estão particularmente *associados*, mas não necessariamente *afinados*.

Sacaram?

E por falar em talento, oportunidade e destino, minha irmã Luciana trouxe-nos uma boa notícia: vai se casar com um engenheiro canadense e morar no Canadá.

Eles se conheceram na festa de inauguração de uma casa noturna. Dançaram a noite toda e descobriram-se feitos um para o outro. O nome dele é Olivier, tem 29 anos e uma brilhante carreira pela frente. Mora e trabalha em Toronto, e é lá que eles vão se casar daqui a duas semanas.

Não é preciso dizer que Luciana está nas nuvens, vivendo o seu conto de fadas. Quando fala em Olivier os seus olhos brilham além da conta, provando que a felicidade pode fazer grandes transformações na aparência das pessoas — a pele e os cabelos de minha irmã estão mais bonitos que nunca.

Julguei que minha mãe fosse ficar triste com a notícia, mas não. Mostrou-se alegre e brincalhona, passando a abraçar Luciana de minuto em minuto, recordando os bons momentos da nossa infância. E de quebra ainda insistiu que Lu anotasse algumas receitas que ela considerava essenciais à boa "dona de casa".

MOZART COUTO

Dificuldade para urinar, para tomar banho, para atravessar a rua, para entrar em elevador. É quase como ir descalço para uma *dividida* com o adversário de chuteiras.

Dizem que o segredo é ter o domínio das próprias emoções. O problema é que ter o domínio das emoções é como fazer gol *olímpico* com uma bola de basquete.

A garotada do colégio quis saber como era a minha vida sexual. Eu respondi que passo nas bancas e levo algumas revistas para casa. Eles estouraram de rir. Eu fiquei sério. Quando eles também ficaram sérios eu comecei a rir.

E a coisa funciona assim mesmo: o que faz rir faz chorar, depende da boca de quem conta e do ouvido de quem ouve.

Meu amigo Zezé, o atacante, escreve-me contando suas aventuras no Sul. É ídolo da torcida local. Alugou um apartamento no bairro mais verde da capital. Comprou um Land Rover, aquele jipão, todo equipado. Está namorando uma modelo que também faz "pontas" em novelas de TV. Ele me convida a visitá-lo no final do campeonato para curtirmos juntos as férias de verão.

Eu nunca tinha pensado a respeito: como curtir férias numa cadeira de rodas?

Minha vida se resume a ir de manhã para a loja do seu Onofre e retornar para casa no final da tarde. No meio do caminho dou uma chegada na banca de jornal da Tânia e levo jornais, revistas e alguns livros. Da calçada da padaria eu faço um sinal para o Geninho e ele me traz embrulhadas as duas fatias de torta de maçã que eu levo para a sobremesa do jantar.

Em casa, assisto à TV até minha mãe chegar e me ajudar na "operação chuveiro". Depois fico na cozinha conversando com ela enquanto o jantar não fica pronto. Comemos na mesinha de fórmica, debaixo da lâmpada de 60 w, espantando as moscas que zumbem em torno das panelas. Em certas ocasiões mais espantamos do que comemos.

Em silêncio, minha mãe lava a louça e eu enxugo. Também em silêncio assistimos ao telejornal, à telenovela e às telebabaquices.

Quando a cabeça da minha mãe começa a pender ora para um lado ora para outro, resolvo que é hora de ir para o quarto. Digo boa noite, ela se assusta e oferece-se para me ajudar. Eu digo que está tudo bem, que dá para me virar sozinho.

Na escuridão do quarto, olhando o reflexo dos faróis na vidraça, fico imaginando como será o dia a dia de um paraplégico de Plutão.

O cara que me atropelou está dirigindo novamente.

Tomara que ele não brigue com a namorada.

Luciana e Olivier estão abraçados no saguão do aeroporto. Sorridentes, aguardam a hora de voar para a felicidade. Minha mãe, segurando as mãos da filha, faz as últimas recomendações. Pede a ela para não deixar de calçar meias, pois ficou sabendo que o Canadá é muito frio. Também pede para ter sempre à mão a caixinha de chá de erva-cidreira, único remédio saudável contra as cólicas. E, claro, para não deixar de mandar notícias, mesmo quando não tiver nada de importante para dizer.

O alto-falante chama os passageiros para o embarque. Abraço forte minha irmã, desejo-lhe toda a fortuna do universo. Ela me beija, aperta os lábios para não chorar, não consegue. Fico com suas lágrimas no rosto e no pescoço.

Agora minha mãe soluça, abraça Luciana, as duas desabam. Enquanto isso, aperto a mão do futuro cunhado. Ele é calmo, educado, atencioso. Peço-lhe que faça Luciana feliz. Ele promete.

O avião parte, levando para o Canadá a menininha que explorava o planeta gelado de Golok vestindo roupas de pele de urso.

A pracinha do meu bairro está abandonada, cheia de lixo. O mato tomou conta do campinho, as traves apodreceram e caíram. Não vejo o poeirão que os meninos levantavam na disputa pela bola. Não ouço os gritos de alegria dos vencedores, as eternas reclamações dos derrotados.

Os garotos estão fechados nos quartos jogando *video game*.

O time do Miltinho foi vice-campeão, perderam na disputa de pênaltis. O do Zezé foi campeão, e ele foi o autor do gol da vitória. Deu a volta olímpica no gramado, ouvindo a galera gritar seu nome.

Chegaram as fotos do casamento da Lu. Difícil dizer em qual delas ela está mais bonita.

Minha mãe cortou o cabelo. Ficou melhor.

Estou pilotando minha cadeira de rodas como um veterano. Uau!

A vida e o futebol pedem os mesmos ingredientes: preparo físico, um pouco de criatividade, outro tanto de malícia e muito oportunismo.

Três meses depois da partida de Luciana para o Canadá, bem no meio do verão, aconteceu de uma certa senhora tomar o ônibus e sentar-se no banco ao lado da janela. Dormiu durante o percurso, passou do ponto, acabou no terminal.

O cobrador foi acordá-la e percebeu que havia alguma coisa errada. Chamaram o resgate, que nada pôde fazer: a senhora tinha sofrido uma espécie de derrame. Morrera dormindo, encolhida, como morrem as flores.

O filho foi chamado para reconhecer o corpo. Na câmara fria, viu a mãe estendida na mesa branca, sentiu vontade de fechar os olhos e nunca mais abrir.

Trêmulo, angustiado, esperou em silêncio que ficassem prontos os papéis que teria de assinar. Esperou acordar daquele sonho mau. Mas não acordou.

Os papéis ele assinou sem ler, a esferográfica pesava uma tonelada.

Quando terminou, o filho da senhora continuou no lugar que estava. Lentamente, como se fosse seu último gesto em vida, escondeu o rosto com as mãos e começou a chorar.

Luciana chegou na manhã seguinte ao sepultamento de nossa mãe. Estava pálida, sem maquiagem, olhos vermelhos.

Não sei dizer quanto tempo nós choramos abraçados na penumbra da sala. Sei que choramos desespero, choramos angústia, choramos impotência.

Bem mais tarde, tomando sopa instantânea na cozinha, eu perguntei a minha irmã se as surpresas desagradáveis tinham dia e hora para terminar. Sua voz era fraca quando respondeu que não sabia, mas torcia para que a nossa cota de acontecimentos negativos estivesse esgotada.

Estará?...

Agradeci, mas não aceitei o convite da Lu para morar com ela no Canadá. Não quero ser um estorvo em sua vida, ela merece viver em paz o seu conto de fadas.

Quanto a mim, vou aguardar com paciência e resignação as determinações do *técnico* lá de cima. É ele quem sabe das coisas, até porque de cima dá pra ver melhor o jogo.

De casa para o trabalho, do trabalho para casa.

Estou aprendendo a tomar banho sozinho (na verdade, meio banho); ando me virando bem na cozinha; substituí o choro e a melancolia por bons livros. Descobri com prazer que a literatura está repleta de personagens que pensam e agem como eu, alguns até em cadeiras de rodas.

Ler é uma bela e cômoda viagem.

44 do segundo tempo. Zero a zero.

O destino joga na retranca, mas lá vou eu novamente, pelas pontas, tentar furar o bloqueio. A cadeira de rodas já não atrapalha, o problema é a falta de alguém para tabelar.

Encontrarei esse *alguém* um dia?

Zero a Zero conta a história de Rodrigo, um craque na arte de lançar, de colocar os companheiros na "cara do gol". Quando está no auge da juventude e da carreira, acontece-lhe o inesperado: um acidente. A partir daí sua vida vira de cabeça para baixo.

Escrever *Zero a Zero* foi como descrever uma partida em que o melhor time está perdendo. Isso significa que no futebol, como na vida, nem sempre vence o que joga com arte e que muitas vezes o talentoso perde para o oportunista. Destino? Sorte? Circunstância? Pode ser tudo isso, pode ser nada disso.

Quanto a mim, trabalho numa assessoria de imprensa, um lugar tão chato quanto feriado chuvoso. Mas, tudo bem, nós precisamos de chuva para que o guarda-chuva se sinta útil.

Finalmente, queria pedir a você, leitor(a), que escreva contando o que achou da história de Rodrigo. Sua opinião, para mim, é muito valiosa. O SAC e o *site* da editora podem ser encontrados no encarte.

Um grande abraço
Tadeu Pereira

Sobre o Ilustrador:

Nascido em Juiz de Fora, Minas Gerais, Mozart Couto começou a desenhar quadrinhos profissionalmente em 1979, colaborando com as revistas da Gráfica Editora do Paraná. Depois de algum tempo passou a trabalhar exclusivamente com quadrinhos nacionais.

Em 1988, começou a exportar seus trabalhos para a Europa e em 1993 entrou no mercado norte-americano desenhando personagens como Mulher Maravilha, Hulk e outros.

Atualmente, entre outras atividades, dedica-se à ilustração de livros didáticos e paradidáticos.

COLEÇÃO JABUTI

4 Ases & 1 Curinga
Adeus, escola ▼◆🗐☒
Adivinhador, O
Amazônia
Anjos do mar
Aprendendo a viver ◆⌘■
Aqui dentro há um longe imenso
Artista na ponte num dia de chuva e neblina, O ✻★⌖
Aventura na França
Awankana ✎☆⌖
Baleias não dizem adeus ✻🕮⌖○
Bilhetinhos ✪
Blog da Marina, O ⌖✎
Boa de garfo e outros contos ◆✎⌘⌖
Bonequeiro de sucata, O
Borboletas na chuva
Botão grená, O ▼✎
Braçoabraço ▼⚐
Caderno de segredos ❑◎✎🕮⌖○
Carrego no peito
Carta do pirata francês, A ✎
Casa de Hans Kunst, A
Cavaleiro das palavras, O ★
Cérbero, o navio do inferno 🕮☑⌖
Charadas para qualquer Sherlock
Chico, Edu e o nono ano
Clube dos Leitores de Histórias Tristes ✎
Com o coração do outro lado do mundo ■
Conquista da vida, A
Contos caipiras
Da costa do ouro ▲⌖○
Da matéria dos sonhos 🕮☑⌖
De Paris, com amor ❑◎★🕮⌘☒⌖
De sonhar também se vive...
Debaixo da ingazeira da praça
Delicadezas do espanto ✪
Desafio nas missões
Desafios do rebelde, Os
Desprezados F. C.
Deusa da minha rua, A 🕮⌖○
Devezenquandário de Leila Rosa Canguçu ✈
Dúvidas, segredos e descobertas
É tudo mentira
Enigma dos chimpanzés, O
Enquanto meu amor não vem ●✎⌖
Escandaloso teatro das virtudes, O ✈☺
Espelho maldito ▼✎⌘
Estava nascendo o dia em que conheceriam o mar
Estranho doutor Pimenta, O
Face oculta, A
Fantasmas ⌖
Fantasmas da rua do Canto, Os ✎
Firme como boia ▼⌖○
Florestania ✎
Furo de reportagem ❑✪◎🕮⚐⌖
Futuro feito à mão
Goleiro Leleta, O ▲
Guerra das sabidas contra os atletas vagais, A ✎
Hipergame ✍🕮⌖
História de Lalo, A ⌘
Histórias do mundo que se foi ▲✎✪
Homem que não teimava, O ◎❑✪⚐○
Ilhados
Ingênuo? Nem tanto...
Jeitão da turma, O ✎○
Lelé da Cuca, detetive especial ☑✪
Leo na corda bamba
Lia e o sétimo ano ✎■
Liberdade virtual ✎
Lobo, lobão, lobisomem
Luana Carranca
Machado e Juca †▼●☞☑⌖
Mágica para cegos
Mariana e o lobo Mall 🕮⌖
Márika e o oitavo ano ■
Marília, mar e ilha 🗐✍✎
Mataram nosso zagueiro
Matéria de delicadeza ✎☞⌖
Melhores dias virão
Memórias mal-assombradas de um fantasma canhoto
Menino e o mar, O ✎
Miguel e o sexto ano ✎
Minha querida filhinha
Miopia e outros contos insólitos
Mistério de Ícaro, O ✪⚐
Mistério mora ao lado, O ▼✪
Mochila, A
Motorista que contava assustadoras histórias de amor, O ▼●🗐⌖
Muito além da imaginação
Na mesma sintonia ⌖■
Na trilha do mamute ■✎☞⌖
Não se esqueçam da rosa ♠⌖
Nos passos da dança
Oh, Coração!
Passado nas mãos de Sandra, O ▼◎⌖○
Perseguição
Porta a porta ■🗐❑◎✎⌘⌖
Porta do meu coração, A ◆⚐
Primavera pop! ✪🕮⚐
Primeiro amor
Que tal passar um ano num país estrangeiro?
Quero ser belo ☑
Redes solidárias ◎▲❑✎⚐⌖
Reportagem mortal
Riso da morte, O
romeu@julieta.com.br ❑🗐⌘⌖
Rua 46 †❑◎⌘⌖
Sabor de vitória 🗐⌖○
Saci à solta
Sardenta ☞🕮☑⌖
Savanas
Segredo de Estado ■☛
Sendo o que se é
Sete casos do detetive Xulé ■
Só entre nós – Abelardo e Heloísa 🗐■
Só não venha de calça branca
Sofia e outros contos ☺
Sol é testemunha, O
Sorveteria, A
Surpresas da vida
Táli ☺
Tanto faz
Tenemit, a flor de lótus
Tigre na caverna, O
Triângulo de fogo
Última flor de abril, A
Um anarquista no sótão
Um balão caindo perto de nós
Um dia de matar! ●
Um e-mail em vermelho
Um sopro de esperança
Um trem para outro (?) mundo ✖
Uma janela para o crime
Uma trama perfeita
Vampíria
Vera Lúcia, verdade e luz ❑◆◎⌖
Vida no escuro, A
Viva a poesia viva ●❑◎✎🕮⌖○
Viver melhor ❑◎⌖
Vô, cadê você?
Yakima, o menino-onça ♨✍○
Zero a zero

★ Prêmio Altamente Recomendável da FNLIJ
☆ Prêmio Jabuti
✻ Prêmio "João-de-Barro" (MG)
▲ Prêmio Adolfo Aizen - UBE
✍ Premiado na Bienal Nestlé de Literatura Brasileira
☛ Premiado na França e na Espanha
☺ Finalista do Prêmio Jabuti
♨ Recomendado pela FNLIJ
✖ Fundo Municipal de Educação - Petrópolis/RJ
✪ Fundação Luís Eduardo Magalhães
● CONAE-SP
⌖ Salão Capixaba-ES
▼ Secretaria Municipal de Educação (RJ)
■ Departamento de Bibliotecas Infantojuvenis da Secretaria Municipal da Cultura/SP
◆ Programa Uma Biblioteca em cada Município
❑ Programa Cantinho de Leitura (GO)
♠ Secretaria de Educação de MG/EJA - Ensino Fundamental
☞ Acervo Básico da FNLIJ
✈ Selecionado pela FNLIJ para a Feira de Bolonha
✎ Programa Nacional do Livro Didático
🕮 Programa Bibliotecas Escolares (MG)
✍ Programa Nacional de Salas de Leitura
🗐 Programa Cantinho de Leitura (MG)
◎ Programa de Bibliotecas das Escolas Estaduais (GO)
† Programa Biblioteca do Ensino Médio (PR)
⌘ Secretaria Municipal de Educação/SP
☒ Programa "Fome de Saber", da Faap (SP)
⚐ Secretaria de Educação e Cultura da Bahia
○ Secretaria de Educação e Cultura de Vitória